Felix Erich

Ueber Carcinoma mammae und seine Metastasen

Antigonos

Felix Erich

Ueber Carcinoma mammae und seine Metastasen

Unveränderter Nachdruck der Originalausgabe von 1877.

1. Auflage 2024 | ISBN: 978-3-38635-088-4

Antigonos Verlag ist ein Imprint der Outlook Verlagsgesellschaft mbH.

Verlag: Outlook Verlag GmbH, Zeilweg 44, 60439 Frankfurt, Deutschland, info@outlook-verlag.de
Vertretungsberechtigt: E. Roepke, Zeilweg 44, 60439 Frankfurt, Deutschland
Druck: Libri Plureos GmbH, Friedensallee 273, 22763 Hamburg, Deutschland

Ueber Carcinoma mammae und seine Metastasen.

INAUGURAL - DISSERTATION,

ZUR

ERLANGUNG DER DOCTORWÜRDE

IN DER

MEDICIN UND CHIRURGIE

VORGELEGT DER

MEDICINISCHEN FACULTÄT

DER FRIEDRICH-WILHELMS-UNIVERSITÄT

ZU BERLIN

UND ÖFFENTLICH ZU VERTHEIDIGEN

am 16. August 1877

VON

Felix Erich

aus Frankfurt a/O. (Prov. Brandenburg).

OPPONENTEN:

Campe, Dd. med.
Lange, Dd. med.
Weigelt, Dd. med.

BERLIN.

GEDRUCKT BEI M. NIETHE,

KUR-STRASSE 18/19.

SEINEM SCHWAGER

HERRN DR. MED. DREIBHOLZ

IN FREUNDSCHAFT

GEWIDMET

VOM VERFASSER.

Die weibliche Brustdrüse ist vor allen anderen Organen des menschlichen Körpers prädisponirt zu Neubildungen. Der Grund dafür liegt nach Bardeleben wahrscheinlich in der unregelmässigen, oft unterbrochenen oder gar nicht zur Entwickelung kommenden Function der Drüse, vielleicht auch in ihrer exponirten Lage. Die bei Weitem am häufigsten sich entwickelnde Neubildung ist das Carcinom. Nach Billroth (1860. Virchow's Archiv für patholog. Anatomie) waren unter 50 Neubildungen nur 20 nicht carcinomatöser Natur, und Bardeleben fand unter 500 Geschwülsten der Mamma nur 25 gutartige, so dass er zu dem Schluss kam, dass in keinem Organ das primäre Carcinom häufiger sei, als in der Brustdrüse. — Wenn man die

ausserordentliche Häufigkeit der in den chirurgiscl\
Kliniken zur Operation gelangenden Mammacarcino \
beachtet, so muss es in hohem Grade Wunder nehm ,\
dass die Zahl der in den Spitälern zur Obduction ko \
menden Fälle von Mammacarcinom eine so sehr g\
ringe ist.

Waldeyer giebt im 55. Bande von Virchow's Arcl\
für pathologische Anatomie eine Erklärung dafür, dass m\
so selten in der Lage ist, die Autopsie der Metastas\
von Hautcarcinomen zu machen. Die von ihm dal\
angeführten äusseren Gründe treffen auch für die M\
tastasen der Mammacarcinome überhaupt zu und mög\
daher zur Erklärung der oben angeführten auffallende\
Thatsache hier ihren Platz finden. Waldeyer sag\
Die Metastasen der primär von der Haut ausgehend\
Krebse betreffen wohl immer zunächst die regionär\
Lymphdrüsen. Man bekommt im Allgemeinen selten\
Metastasen bei Hautkrebsen zu sehen, einfach aus de\
Grunde, weil diese Tumoren meist operativ entfernt we

en und die meisten der Kranken bei den letzten todbringenden Recidiven gewöhnlich nicht wieder in das pital zurückkehren, so dass eine Autopsie nicht anestellt wird. Es ist mir wenigstens aufgefallen, wie ering die Zahl derjenigen Leichen war, die ich als an en Folgen von Hautkrebsen gestorben überhaupt zur ection bekam, während doch erfahrungsmässig feststeht, ass die Operation der Lippenkrebse z. B. ebenso wenig der ebenso viel von dauerndem Erfolge begleitet ist, ls die der Brustkrebse. Das was ich an weitergehenden Metastasen gesehen habe, war einmal eine miliare carinomatöse Pleuritis bei Carcinom der Nase und der Oberlippe (ohne vorausgegangene Operation) und zahleiche innere metastatische Knoten bei einem Fall von Carcinom der Haut des Fusses. Man ist da über die Metastasen bei den Carcinomen innerer Organe, wie Magen, Uterus u. s. f. weit besser unterrichtet, da sie ngleich häufiger in den Spitälern zur Obduction kommen. —

Dasselbe, wenn auch nicht in so ausgedehntem Mas
wie bei den Hautcarcinomen, gilt von allen Carcino
arten der Mamma. Der grösste Theil der wegen Ca
cinoma mammae operirten Kranken verlässt nach Heilu
der Operationswunde das Krankenhaus und stirbt ausse
halb des Spitals an den Recidiven oder Metastase
während die primär an Carcinom eines inneren Organ
Erkrankten die Anstalt nach ihrer Aufnahme gewöhnli
nicht wieder verlassen.

So erklärt sich die Thatsache, dass unter 8457
Leichenhause der Königl. Charité vorgenommenen Se
tionen, unter denen 568 Fälle von Carcinomatosis si
sich nur 27 Fälle von Carcinoma mammae finden. U
einen Vergleich zu ermöglichen zwischen der Häufigk
der zur Obduction gekommenen Fälle von Carcino
mammae und der anderer Organe, mögen hier noch f
gende Zahlen ihren Platz finden.

Unter den 568 Fällen von Carcinomatosis war
228 Carcinomata hepatis et ventriculi, wobei, wie auch h

llen folgenden Organen, nur die zweifellos primären

rebsigen Erkrankungen berücksichtigt sind.

24 C. uteri.		9 C. gld. lymph.	
45 C. oesophagi.		8 C. peritonei.	
27 C. mammae.		6 C. renis.	
24 C. intestini.		6 C. ossium.	
19 C. vaginae et vulvae.		4 C. gl. supraren.	
12 C. ovarii.		4 C. pulmon.	
11 C. vesic. urin. et gl.		4 C. pharyngis.	
prostat.		3 C. cerebri.	
10 C. linguae.		3 C. cutis.	
10 C. cyst. felleae.		1 C. galeae.	
9 C. pancreat.		1 C. laryng.	

Man sieht aus der Vergleichung, wie z. B. die viel

seltneren Oesophaguscarcinome viel öfter zur Autopsie

kommen, als die erfahrungsgemäss bei Weitem häufigeren

Carcinome der Mamma. — Die geringe Zahl der letz-

teren macht es unmöglich, statistische Zahlen von eignem

Werthe aus ihnen zu gewinnen.

Wir müssen uns daher begnügen, sie als Ergänzung

zu betrachten zu den bereits bestehenden Statistiken über

die Häufigkeit der verschiedenen Arten von Mammacar-

cinomen, und können nur, da unseres Wissens über die

Metastasen der Mammacarcinome Näheres nicht ver
öffentlicht ist, einen Versuch machen, einige Beziehunge
der Mammacarcinome zu ihren Metastasen darzulege1

Als die häufigste in der Mamma sich entwickelnd
krebsige Neubildung gilt der Scirrhus. Nach Unter
suchungen von Virchow sind indessen die im Begin
der krebsigen Neubildung auftretenden Knoten fast aus
nahmslos Medullar-Krebse oder sie gehören dem so
genannten carcinoma simplex an bei reichlicher Bei
mischung von Bindegewebszügen. Durch Vernarbung
und weiteres Ueberhandnehmen der bindegewebigen Ele-
mente entsteht dann ein dem ursprünglichen Scirrhu
sehr ähnliches Bild. In diesem Sinne sagt auch Waldeyer, dass man am häufigsten in der Brustdrüse dem
Scirrhus begegnet, welchen „alten eingebürgerten Namen"
er dem „harten, bindegewebsreichen Krebs gern belassen
möchte". Die Bindegewebsproduction kann unter Um-
ständen so überwiegen, dass neugebildete carcinomatöse
Körper wieder vollständig veröden und zu Grunde gehen,

und allmählich an die Stelle derselben und des normalen Drüsenparenchyms ein derbes, festes, sehr zellenarmes Bindegewebe tritt. Man sollte somit glauben, es handle sich gar nicht mehr um eine epitheliale Wucherung, doch wird man dieselbe, sobald überhaupt Carcinom vorhanden ist, bei genauem Nachsuchen niemals vermissen. Bei einem derartigen im vorigen Jahr im Leichenhause der Kgl. Charité zur Obduction gekommenen Fall konnte erst nach mehrtägigem, genauen Untersuchen die carcinomatöse Natur der Geschwulst durch das Mikroskop festgestellt werden.

Solche Carcinome wachsen sehr langsam, der Neubildung folgt nicht der Zerfall, sondern die Verödung, und sie liefern die gutartigsten Formen von Brustkrebs, die 10 bis 15 Jahre und darüber bestehen können, ohne zu allgemeinen Erscheinungen und secundären Eruptionen zu führen. Sie sind von Cruveilhier carcinomata atrophica genannt worden. Wir finden unter den von uns gesammelten Fällen deren zwei, von denen sich jeder, besonders im Gegensatz zu den anderen Kreb

arten, durch die ausserordentlich geringe Zahl sein

Metastasen auszeichnet.

Weder über die Prädisposition gewisser Altersklass(

zu bestimmten carcinomatösen Erkrankungen, noch üb

die Neigung bestimmter Krebsarten überhaupt Metastas(

zu veranlassen — die sogenannten atrophischen Kreb

ausgenommen — oder gar über die besondere Herrscha

bestimmter Arten über Metastasen in bestimmten Organ(

lassen sich aus der geringen Zahl irgend welche gülti

Schlüsse ziehen. Ich will indess über einige der a

gedeuteten Beziehungen die gefundenen Resultate mi

theilen, vielleicht dass sie den Zahlen anderer Arbeite

als Addendi hinzugefügt werden, und so, wenn keine

selbstständigen Werth beanspruchen, doch den Wert

anderer Zahlen erhöhen können. Unter den 27 Cal

cinomen fanden sich — die atrophischen Krebse mit ein

gerechnet — 19 Medullarkrebse, 4 Scirrhen, 3 Cancroid

und ein Colloidcarcinom.

Die Frauen waren fast ausnahmslos verheirathet, und es vertheilen sich die Krebsarten auf die verschiedenen Altersklassen in folgender Weise:

zwischen dem 20. u. 30. Jahre 1 Medullarkrebs,

      „   „ 30. „ 40. „   2 Scirrhen u. 2 Medullarkr.

      „   „ 40. „ 50. „   1 Scirrhus „ 2 Medullarkr.

      „   „ 50. „ 60. „   1 Medullarkrebs,

      „   „ 60. „ 70. „   1 Colloidkr. u. 3 Medullarkr.

      „   „ 70. „ 80. „   3 Medullarkrebse.

Von 11 Frauen konnte das Alter nicht ermittelt werden.

Wenn man zur Uebersicht über die Neigung der verschiedenen Krebsarten Metastasen zu veranlassen die folgenden Organe und Systeme berücksichtigt: Circulationsapparat, Respirationsapparat, Leber, Milz, Harnapparat, Geschlechtsapparat, Digestionsapparat und Centralnervensystem, und jede krebsige Erkrankung eines dieser Organe und Systeme als eine Metastase zählt, so ergiebt sich für den Medullarkrebs eine Neigung Metastasen zu bilden von 3 (für den atrophischen Krebs

0,5), für den Scirrhus auffallender Weise 4, für di
Cancroid 2,5 und für das Colloidcarcinom 3.

Haut und Muskeln des Thorax waren in mehr a
$^2/_3$ der Fälle carcinomatös entartet.

Die meisten Metastasen finden sich im Respirations
apparat: 20. 11mal fanden sich Krebsknoten auf de
Pleura, 8mal in den Lungen und 1mal im Zwerchfel
daher auch die meisten der nicht an den Folgen de
Operation gestorbenen Kranken an carcinomatöser Pleu
ritis oder Lungenödem zu Grunde gingen.

In den Knochen fanden sich — die Rippen aus
genommen — 3mal Metastasen, je einmal von einen
Medullarcarcinom, einem Scirrhus und einem Colloidcarcinom ausgegangen; im pericardium wurden 2mal, im
myocardium 1mal Krebsknoten beobachtet, in der Leber
12mal, in der Milz 4mal, im Harnapparat 3mal. Vom
Geschlechtsapparat fanden sich 2mal im Uterus, 1mal
in den Ovarien und 2mal in der anderen Mamma se-
cundäre Krebsknoten; vom Digestionsapparat wurden

al der Magen, 1mal die glandulae mesentericae, 1mal
glandulae epigastricae und 1mal colon und ileum
m Krebs befallen; in der dura mater fanden sich 1mal
ebsknoten, ebenso in der Rindensubstanz des Gross-
ns.

In 13 Fällen fand sich das Carcinom in der rechten
ustdrüse, in 11 Fällen in der linken, und in 3 Fällen
ren, wie es scheint, beide Drüsen zugleich erkrankt;
einem Fall hatte sich nachweislich erst spät zu einem
ksseitigen Carcinom ein rechtsseitiges hinzugesellt,
d in einem Fall war längere Zeit nach erfolgter Ope-
ion eines rechtsseitigen Mammacarcinoms ein solches
der linken Brustdrüse aufgetreten.

Auffallend ist nach den gegebenen Daten, dass, im
gensatz zu den Angaben der Autoren, gerade der
rrhus die grösste Neigung zeigte, Metastasen zu bil-
, und dass sich in allen Fällen von Scirrhus Krebs-
ten in der Leber fanden, während beim Medullar-

carcinom nur in $^1/_3$ aller Fälle die Leber carcinomatö[s]
erkrankt war.

Die Fälle, in denen sich in beiden Brustdrüse[n]
Carcinome entwickelt hatten, weisen alle eine gross[e]
Menge von Metastasen auf, so dass man versucht is[t]
das eine für ein metastatisches zu halten.

Der Fall, in dem sich die Metastasen am weiteste[n]
verbreitet zeigten, betraf eine 38 Jahr alte Frau vo[n]
sehr kleiner Statur, marastischem Aeussern mit recht[s]
seitiger Lordose und flügelartigem Abstehen des recht[en]
Schulterblattes, die Haut war missfarbig, graugelbweis[s]
lich gefärbt. Die rechte Mamma war etwa in der Grös[se]
eines Hühnereies sehr derb anzufühlen, die Oberfläc[he]
stark fettig, warzig uneben; die Haut fast überall fe[st]
mit der Drüsensubstanz verwachsen. Die linke Mamm[a]
war fast ganz geschwunden, um sie herum zeigte [die]
Haut dicht gestellte erbsengrosse Knötchen. Die Achs[el]
drüsen waren stark geschwollen und von sehr der[ber]
Konsistenz; auch der musculus pectoralis major w[ar]

geschwollen und knotig anzufühlen. Auf der Schnittfläche
zeigte das Carcinom eine grauweissliche Grundsubstanz, von
zarten gelblichweissen Bindegewebszügen durchflochten.
Hin und wieder sah man auch schwefelgelb gefärbte kleine
Fetttröpfchen.

Bei näherer Untersuchung erwies sich der Pectoralis
als in eine derbe Geschwulst verwandelt, so dass letz-
tere eine Ausbreitung von 8 Ctm. in der Breite erlangt
hatte. Obwohl diese Geschwulst die Oberfläche der
Rippen nicht erreichte, waren doch die 2. bis 5. Rippe
sehr dünn und leicht zerbrechlich.

Am Herzen und seinen Adnexen waren carcinomatöse
Veränderungen nicht wahrzunehmen. Die Lungen waren
von kleinem Volumen. Die Oberlappen waren normal,
die Unterlappen dagegen stark blut- und wenig lufthaltig;
das ganze Bindegewebe stark schiefrig pigmentirt. An
der Spitze der rechten Lunge fanden sich ein paar erbsengrosse Carcinomknoten.

Die Milz war auffallend gross.

Durch die wenig veränderte Kapsel hindurch sah m[an]
hanfkorn- bis erbsengrosse gelblichweiss gefärbte Ge-
schwulstknoten, welche sich ebenso zahlreich im Parenchym fanden. Von den Nebennieren war in der linke[n]
die Marksubstanz in eine derbe grauweissliche Geschwu[lst]
verwandelt, die stellenweise die Corticalsubstanz erreich[te],
während die rechte Nebenniere nur an 2 Stellen han[f-]
korngrosse carcinomatöse Bildungen zeigte.

Beide Nieren waren klein, ihre Kapsel leicht abzie[h-]
bar; das Parenchym der Rinde war blass, leicht gelblic[h]
weiss gefärbt. Nur sehr vereinzelt in der linken Nie[re]
aber sehr zahlreich in der rechten war das Parenchy[m]
von hirsekorn- bis hanfkorngrossen Geschwulstknot[en]
durchsetzt.

Das ganze Parenchym der Leber war blutlos u[nd]
blass und überall von hirsekorn- bis hanfkorngross[en]
Krebsknoten eingenommen.

Die Zeichnung der acini war sehr verwaschen u[nd]
nur stellenweise dadurch erhalten worden, dass sich i[n]

Centrum der acini submiliare Entzündungsknoten gebildet hatten, in deren Umgebung sich ein rother Hof fand.

Die Harnblase war normal.

Die Ovarien waren auffallend gross, ihre Oberfläche hügelig und höckerig; auf dem Durchschnitt erschien das Parenchym diffus von Carcinommasse durchsetzt. Die Vagina war intact.

Der Uterus war etwas vergrössert, das Collum trichterförmig erweitert und mit zahlreichen Narben versehen, hier und da fanden sich subseröse Carcinomnoten. Die Schleimhaut des Uterus war geschwollen, mit grauem schleimigen Secret bedeckt und durch submiliare Carcinomknötchen emporgehoben.

Am Darm wurden carcinomatöse Veränderungen nicht gefunden.

Die Mesenterialdrüsen waren nur sehr vereinzelt carcinomatös degenerirt.

Es waren also nur Circulationsapparat und Centralnervensystem freigeblieben d. h. diejenigen Systeme, die

überhaupt nur sehr selten von Krebs befallen wurde
in keinem der zusammengestellten Fälle waren bei
Organe zugleich carcinomatös erkrankt.

In beiden Fällen von carcinomatöser Erkranku
des Pericardiums waren weitverbreitete Metastasen vo
handen, — der eine Fall betraf ein Cancroid, der and
ein Medullarcarcinom, — während in dem Fall v
krebsiger Erkrankung des Myocardiums sich nur no
in den Respirationsorganen und in der Leber Kreb
knoten fanden. Dieser letzte Fall betraf einen Scirrhu
und da die Circulationsorgane erst bei sehr weit vo
geschrittener Carcinomatosis vom Krebs ergriffen
werden pflegen, so ist es besonders auffallend, dass g
rade die zu Metastasen bekanntermassen am wenigste
geneigte Krebsart schon bei relativ wenig verbreiteten M
tastasen sich diesen so selten gewählten Sitz aussucht

Von den oben angeführten beiden Fällen von E
krankung des Pericardiums ist der letzte noch besonde
dadurch interessant, dass bei rechtsseitigem Brustkre

die rechte Pleura gesund, die linke aber krebsig erkrankt war.

.Von ferneren Fällen gewährt ein besonderes Interesse ein Fall von rechtsseitigem carcinoma medullare mammae einer 63 Jahre alten Frau.

Ausser der Leber und dem Centralnervensystem waren nur Knochen krebsig entartet, diese jedoch in ausserordentlicher Verbreitung. Die Erkrankung betraf das linke Femur, den zweiten Brustwirbel, die sechste und siebente Rippe, das linke Schläfenbein und die Schädelbasis, ausserdem die Leber, dura mater und substantia corticalis cerebri. Die Frau starb in Folge doppelseitiger Pneumonie. Trotz der weit verbreiteten Metastasen war keine Spur der berüchtigten Krebskachexie zu sehen, die Frau hatte eine durchaus normale Hautfarbe, eine besonders kräftig entwickelte Muskulatur und sehr reichen panniculus adiposus.

Um hier gleich den zweiten Fall von carcinomatöser Erkrankung der Hirnhäute anzureihen, erwähne ich

einen Fall von Scirrhus der linken Mamma mit secun
därem Krebs der rechten Brustdrüse.

Ausser in der linken Lunge und in der Leber fande
sich noch im linken humerus, im rechten femur und an de
basis cranis Krebsknoten, ausserdem bestand eine Pachy
meningitis carcinomatosa.

In beiden Fällen also, in denen das Centralnerven
system oder seine Adnexa von Krebs befallen waren
fand sich auch weit verbreitet eine Entwickelung vor
krebsiger Neubildung in den Knochen.

In dem dritten Fall carcinomatöser Erkrankung vor
Knochen, und zwar auch hier wieder einer grösserer
Zahl, fand sich eine Pachymeningitis chronica, ohne dass
man indessen Krebsknoten in den Meningen hätte nach-
weisen können.

Der Fall verdient wegen der seltenen Art des Car-
cinoms, — es handelte sich um ein Colloidcarcinom, —
eine genauere Darstellung. Die Section hatte Herr
Dr. Cohnheim mit grosser Genauigkeit vorgenommen.

er Fall betraf eine äusserst abgemagerte 66 Jahre alte Frau.

An dem vorderen Theile des Rumpfes prominirte eine grosse Anzahl von Geschwülsten; über denselben ging die Haut unverändert hinweg. Die Geschwülste waren von verschiedener Grösse; einige kaum haselnussgross, andere bis Hühnereigrösse. Ein grosses Paquet sass an dem manubrium sterni, ein anderer beinahe hühnereigrosser Knoten in der linken mamma, während die rechte frei war. Der Tumor in der linken mamma war von intacter Haut überzogen, die Haut aber über ihm nicht frei beweglich, sondern der Tumor ging an sie heran und adhärirte mit der cutis. Auf der Schnittfläche zeigte derselbe einen gallertartigen Glanz, seine Consistenz war eine ziemlich derb elastische. In dem durchscheinenden Grunde sah man auf der Schnittfläche gelbliche Linien und Punkte. Der Hauptknoten der linken mamma gränzte ziemlich scharf gegen die Drüsensubstanz ab; das Drüsengewebe selbst war hart, weisslich, die Drüsengänge leer. Ausser diesem Hauptknoter der am innern Umfange sass, stiess man noch auf hasel. nussgrosse Knoten von derselben Beschaffenheit, dere einer dicht unter der Warze war.

Ein anderer befand sich am äusseren Rande. Di sämmtlichen anderen an der vorderen Brust sitzender Knoten waren innig mit den Rippen verwachsen ode mit der anderen knöchernen Unterlage auf der sie sasser so dass die nähere Untersuchung zeigte, dass alle diese Geschwülste aus der Substanz der Knochen hervor· gewachsen waren. Dies gilt von dem grossen Geschwulst- paquet am manubrium sterni, wie von den Geschwülsten. welche über den Rippen sassen und von denen eine mehr als hühnereigrosse in der rechten Hälfte des Thorax dicht unterhalb der Spitze der scapula sass, ausgehend von dem hinteren Abschnitt der siebenten Rippe, und ein zweiter, beinahe ebenso grosser Tumor von der achten Rippe links ausging. Alle diese Geschwülste reichten bis in's Unterhautzellgewebe, ohne die cutis zu erreichen;

ach Innen drängten sie sich sämmtlich in den Thorax hinein, wurden indess noch von der Pleura überzogen, die ihnen allerdings untrennbar adhärirte.

Die betreffenden Abschnitte der Pleura zeigten eine starke Gefässfüllung und eine auf Neubildung beruhende Vascularisation.

Die Beschaffenheit der Geschwülste war eine überall übereinstimmende, sie waren alle von derb elastischer Consistenz.

Auf der Schnittfläche fand sich eine fast fasciculäre Anordnung, bedingt durch die Anwesenheit von weisslichen, radienartig vom Centrum nach der Peripherie ausstrahlenden Septis; — das zwischen den Septis befindliche Gewebe hatte eine exquisit gallertige Beschaffenheit, durchscheinend mit vereinzelten gelben Punkten.

Ueberall ging die Substanz des Knochens, besonders die spongiosa, continuirlich in die Geschwulstmasse über, indem sich kleine Knochenspicula und Septa noch streckenweise in's Innere der Geschwulst verfolgen liessen, bis

die Masse den erst beschriebenen Charakter annahm
Dies war besonders am sternum zu verfolgen, wo nich
blos nach vorn, sondern auch nach hinten in das me-
diastinum anticum eine dicke Neubildungsmasse hinein-
gewuchert war, die von dem oberen Theil des Herz-
beutels besonders nach rechts bis in die Lungen und in
die Pleura hineinreichte.

Am Schädel prominirte noch eine grosse Zahl von
Geschwülsten, die sämmtlich von intacter Haut überzogen waren; eine derselben sass vorn an der Stirn, an
der Grenze des behaarten und unbehaarten Kopfes. Die
Geschwulst hatte etwa die Grösse einer Billardkugel,
sie prominirte hauptsächlich nach aussen, doch ragte
sie auch in den Schädelraum hinein, indem sie die
Dura vor sich herstülpte. Eine zweite Geschwulst von
mindestens derselben Grösse hatte ihren Sitz im linken
Schläfenbein. Sie entsprang von der Schuppe des Schläfen-
beins, von der unteren, vorderen Spitze des linken Par-
ietalbeins und vom linken grossen Flügel des Keilbeins.

Eine sehr grosse, aus einer Anzahl rundlicher Knoten zusammengesetzte Geschwulst sass hinten in beiden Parietalbeinen und in der squama ossis occipitis, etwas weiter nach links als nach rechts greifend. Der Gipfel dieser pilzförmigen Geschwulst überragte die tabula vitrea etwa um 2 ctm.

Eine andere Geschwulst sass in der squama ossis occipitis dicht hinter dem linken äusseren Ohr, nach innen als ein mehr als wallnussgrosser Knoten in die linke untere Occipitalgrube hineinragend. Alle diese Tumoren hatten die dura mater lediglich vor sich her gedrängt, ohne auf dieselbe übergegriffen zu haben.

Die dura mater und pia selbst waren vollkommen frei geblieben.

Ein sehr grosser, kugeliger, 7 ctm. im Durchmesser haltender Tumor sass in der rechten Hälfte des Gesichtes und ging von dem aufsteigenden Ast des Unterkiefers aus. Auf ihm war die Haut ziemlich locker und verschiebbar, er wölbte sich aber auf die innere Fläche des Knochens und in die Mundhöhle hinein. Die Beschaffenheit aller dieser Tumoren war dieselbe, wie die der Sternal- und Costalgeschwülste.

Die Leber enthielt in beiden Lappen eine mässige Anzahl von rundlichen Krebsknoten, die im Allgemeinen die Grösse einer Wallnuss hatten.

Auch im Becken und in mehreren Wirbeln fanden sich Krebsgeschwülste von der beschriebenen Natur.

Ebenso waren auch im Magen mehrere Krebsknoten, die indess ausnahmslos bedeutend kleiner waren, als alle bisher beschriebenen.

Dieser letztbeschriebene Fall zeichnet sich also vor allen andern, abgesehen von der eigenthümlichen Natur des Krebses, besonders durch die enorme Grösse der meisten Geschwülste, durch deren grosse Zahl und besonders noch dadurch aus, dass, von den relativ wenigen Knoten in Leber und Magen abgesehen, ausser der Mamma nur Knochen, diese aber im ausgedehntesten Masse ergriffen waren.

Am Schlusse meiner Arbeit erfülle ich noch die ngenehme Pflicht, meinem verehrten Lehrer, Herrn Pro-essor Virchow für die Freundlichkeit, mit der er mir ie zu der Arbeit nöthigen Bücher zur Disposition stellte nd mit seinem Rathe zur Seite stand, meinen aufrich-gen Dank auszusprechen.